풍을 활짝 열어주세요

중국앵무새 한마리가 날아갑니다

2024 겨울 이주혜

꽃잎의 세계

wedo - 82

초판 1쇄 인쇄 2025년 1월 24일
초판 1쇄 발행 2025년 1월 26일

지은이 이강숙
펴낸이 최순영

출판2본부장 박태근
책임편집 정소영
디자인 조은덕
편집 최안나 김경수 강해지
디자인 이아름 이세호

펴낸곳 ㈜위즈덤하우스 출판등록 2000년 5월 23일 제13-1071호
주소 서울특별시 마포구 양화로 19 합정오피스빌딩 17층
전화 02) 2179-5600 홈페이지 www.wisdomhouse.co.kr

© 이강숙, 2025

ISBN 979-11-7171-732-3 04810
979-11-6812-700-5 (세트)

값 13,000원

· 이 책의 일부 또는 전부를 재사용하려면 반드시 사전에
저작권자와 ㈜위즈덤하우스의 동의를 받아야 합니다.
· 인쇄·제작 및 유통상의 파본 도서는 구입하신 서점에서 바꿔드립니다.

위픽은 위즈덤하우스의 단편소설 시리즈입니다.
'단 한 편의 이야기'를 깊게 호흡하는
특별한 경험을 선사합니다.

이 작은 조각이 당신의 세계를 넓혀줄
새로운 한 조각이 되기를.
작은 조각 하나하나가 모여
당신의 이야기가 되기를.

당신의 가슴에 깊이 새겨질
한 조각의 문학, 위픽

위픽 뉴스레터 구독하기
인스타그램 @wefic_book

중국 앵무새가 있는 방

wefic

중국 앵무새가 있는 방

이주혜

위즈덤하우스

차례

상상이 지극하면 기억이 된다. 아니,
지난한 기억 끝에 상상이 찾아오던가. 기억과
상상은 그리 다른 영역이 아닐지도 모른다.
사람은 과거를 상상하기도 하고 미래를
기억하기도 하니까. 헛소리라고? 아니,
연수와 함께 물 위를 걸었던 그날의 기억은
반 이상이 나의 상상에 불과할지 모르고, 그
기억의 진위는 나조차 믿을 수 없다. 연수를
마지막으로 만나고 나는 그 어떤 것도 믿을 수
없게 되었다. 다만 기억할 뿐.

처음 극장에 가서 본 영화는
〈슈퍼맨〉이었다. 어떤 어른의 손을 잡고
어슴푸레한 극장에 들어갔고 자꾸만 뒤로
꺾이는 의자에 겨우 엉덩이를 걸치고
앉자마자 조명이 꺼지며 공간이 깜깜해졌다.
와락 겁이 났을 때 눈앞의 커다란 스크린에
영상이 흐르기 시작했는데, 곧 공간의
어둠보다 압도적인 빛이 더 공포스러울 수
있다는 걸 깨달았다. 나는 두 시간 가까이
꼼짝달싹도 못 하고 극장 의자에 붙박인 채
어지럽게 한 방향으로 흘러가는 스크린에
짓눌렸다. 슈퍼맨이 변신하고 슈퍼맨이
사랑하고 슈퍼맨이 구출하고 슈퍼맨이
날았다. 그날 내게 각인된 장면은 영화의
하이라이트라고 할 만한, 슈퍼맨이 지구의
자전 속도보다 빨리 반대쪽으로 날아 지구의
자전 방향을 되돌리고 결국 시간까지 되돌려

사랑하는 사람을 살려내는 장면이었다. 나는 그 발상에 충격과 다름없는 인상을 받았다. 지구를 거꾸로 돌릴 수 있다면 시간도 되돌아간다니! 되돌리고 싶은 일이 많아 늘 수치스러웠던 여자애로서 나는 견딜 수 없는 일이 생길 때마다 지구를 거꾸로 돌리는 상상을 했다. 다만 슈퍼맨처럼 날 수 없으므로 지구가 자전하는 힘보다 더 큰 힘으로 지면을 꾹꾹 밟아 지구의 자전 방향을 거꾸로 되돌리는 모습을 상상했다. 빡빡한 트레드밀을 밟듯이 힘주어 지면을 밟아 뒤쪽으로 당긴다면, 그렇게 지극히 걷고 또 걷는다면, 한가로이 돌아가던 지구도 결국 항복하고 자전 방향을 바꿔주지 않을까, 하는 게 내 생각이었다. 슈퍼맨이 난다면 나는 밟으리라. 꾹꾹. 꾹꾹꾹. 그러면 어느새 발목이 저절로 시큰해지고 시간을 되돌려

철회하고 싶었던 수치스러운 일도 조금은
견딜 만해지곤 했다. 상상이 지극하면 기억을
바꿀 수도 있었다.

　　이제 나는 연수와 마지막으로 만났던
그날을 기억해야 한다. 지금으로선 그게
연수를 되돌릴 수 있는 최선의 방책이다.
행여 그것이 혼자 힘으로 지면을 밟아 지구의
자전 방향을 바꾸려는 무모한 행위일지라도
나는 시도해야 한다. 기억해야 한다. 공백을
만난다면 그 틈을 허술한 상상으로 메꾸어야
할지도 모르지만 일단 기억은 지금 내게
주어진 단 하나의 책무다.

　　3월의 마지막 날 아침, 연수는 내 집
앞으로 불쑥 찾아왔다. 그날이 물 위를
걸을 수 있는 마지막 기회라고 했다. 자다
깨어 몽롱한 상태로 눈곱만 대충 떼고 빌라
주차장으로 내려가보니 연수가 오래된

소나타의 시동을 켠 채로 기다리고 있었다. 차창을 내리고는 야! 타! 하는 낡은 농담을 던졌다. 조수석 쪽 문을 열자 연수가 아무렇게나 쌓아둔 책 탑이 와르르 무너지며 주차장 바닥에 떨어졌다. 나는 연수의 책들을 주워 역시나 지저분한 뒤쪽 좌석에 대충 던져놓고 조수석에 탔다. 차 안에 진한 커피 냄새가 고여 있었다. 한창 자고 있을 시간인 줄 알면서 다짜고짜 나오라고 채근해놓고 정작 내가 앉을 자리조차 치워놓지 않은 연수를 향해 뾰족하게 짜증이 솟구쳤다가 연수가 미리 준비해 온 내 몫의 커피를 보고 마음이 누그러졌다. 그래, 저게 송연수지. 도무지 어떤 인간인지 종잡을 수 없을 만치 막무가내로 입체적인 사람.

우린 오늘 물 위를 걷게 될 거야.

물 위를 어떻게 걸어?

가보면 알아.

근데 왜 하필 오늘이야?

매년 10월부터 이듬해 3월까지만 걸을 수
있거든.

무슨 기적이 계절을 가려?

연수가 운전대를 잡은 채로 내 쪽을 흘낏
보더니 3초 후에 와핫, 하고 웃었다.

네 사캐즘은 참…….

참, 뭐?

촌스럽고 사랑스러워.

물 위를 걷는다는 연수의 말은 반은 맞고
반은 틀렸다. 연수가 차를 세운 주차장에
'한탄강 물윗길'이라고 쓰인 커다란 표지판이
걸려 있었다. 물윗길이란, 8킬로미터에 달하는
한탄강을 따라 놓인 임시 부교를 걸으며 주변
주상절리 절벽과 풍광을 가까이서 볼 수 있는
코스를 말했다. 물에 뜬 다리는 플라스틱 통

여러 개를 엮어 만든 형태로 물줄기를 따라 긴 뱀처럼 휘어진 형태가 유연해 보였고, 그 위를 걸으면 출렁이는 공기의 부력이 탄탄하게 느껴졌다. 그러니까 출렁이는 부교를 따라 걷는 일은 플라스틱 통을 매개로 사실상 물을 밟는 일이면서 동시에 물의 흐름을 거슬러 물에서 벗어나는 방식이었다. 출발 지점에서 부교 위로 오르기 직전 연수가 나를 훑어보며 말했다.

많이 걸어야 하는데, 그 신발로 괜찮겠어?

연수가 내가 신은 플랫슈즈를 내려다보았다.

참, 일찍도 알려준다.

하지만 그렇게 말하는 연수도 트레킹화나 러닝화 같은 걸 준비해 오지는 않았고 나처럼 밑창이 납작하고 얇은 캔버스화를 신고 있었다. 그래, 저게 송연수지.

연수가 앞장서 부교 위를 걸었다. 연수는
성미 급한 노파처럼 상체를 바짝 앞으로
숙이고 걸었다. 다리가 물살을 따라 끊임없이
출렁이는 탓에 걸음마다 힘이 들어가고
어지러웠는데, 연수는 물살의 속도를 더
빠르게 하려는 사람처럼 앞만 보고 서둘러
걸었다. 가끔 기묘한 생김새의 바위를
구경하느라 잠깐 걸음을 멈추면 연수 혼자
저만치 멀어져 있었고, 나는 연수를 놓칠세라
서둘러 걸음을 옮기며 미세한 짜증을
느꼈다. 발밑에서 세차게 흘러가는 물이 연신
돌돌돌돌 쏴사사사 하는 소리를 백색소음처럼
깔아준 덕분에 나는 조용히 연수를 향해 욕을
뇌까릴 수 있었다. 다리가 출렁이는 박자에
맞추어 빈속도 울렁거렸는데, 멀미가 느껴질
때마다 욕을 내뱉으며 견뎠다.

간혹 부교에서 내려와 물가 모래밭이나

자갈밭을 걷는 구간이 있었다. 3월 말인데도
풍경은 쓸쓸했다. 주변에 꽃도 새잎도 잘
보이지 않았다. 초록은 멀었다. 절벽 틈에
쌓인 눈이 아직 녹지 않은 곳도 있었다.
검회색 절벽을 배경으로 보이는 눈은
신경질적인 흰빛을 내쏘았다. 강가에 깔린
돌덩어리는 현무암인지 검고 잔구멍이 잔뜩
뚫려 있었다. 물 가까운 곳의 바위는 여름철
풍성했던 물이 지나간 흔적을 버짐처럼
간직하고 있었다. 마른 갈대가 웃자란 곳을
지나갈 때는 난데없이 가을이 나타났다.
그날의 한탄강에는 온갖 계절이 뒤섞여
있었다. 그리고 어디에나 소망이 있었다.
사람의 발길이 들어설 수 있는 곳이라면
어김없이 사람 손으로 쌓은 돌탑이 있었다.
사람의 발길이 들어설 수 없을 것 같은 곳에도
사람 손이 쌓았을 돌탑이 있었다. 가능한

자리에도 불가능한 자리에도 소망이 빼곡히
들어차 있었다.

징그러워!

첫 번째 쉼터에서 너럭바위에 걸터앉은
연수가 눈 아래 돌탑들을 내려다보며 침을
뱉듯 말했다.

뭐가 징그러워?

사람 욕심이 끝이 없어! 저 돌멩이들
하나하나에 입이 달렸다고 생각해봐. 저
돌탑을 쌓은 사람들이 속으로 되뇐 소원을
돌멩이들이 대신 말한다고 상상해봐. 하늘을
향해 외치는 악다구니! 내가 하느님이면
여기가 지옥이구나, 하고 당장 하늘에서
뛰어내릴 거야.

정말로 간절한 소원도 있지 않을까? 모든
소원이 탐욕스러운 건 아니야.

연수가 나를 빤히 쳐다보며 물었다.

정말로 그렇게 생각해?

나는 연수의 말에 아무런 대답도 하지 않고 작은 돌멩이를 집어 들어 공연히 강물에 던졌다. 돌은 물수제비 한 번을 못 뜨고 흔적도 없이 가라앉았다. 연수가 몸을 일으키며 못을 박듯 말했다.

모든 소망은 무거워. 무겁고 징그러워.

연수가 쉼터에서 벗어나 다시 부교 쪽으로 돌아갔다. 나는 엉덩이를 툭툭 털고 연수 뒤를 따라갔다. 수천 아니 수만 개는 되어 보이는 돌탑들이 어느새 무덤으로 보였다. 그러니까 저것은 하늘을 찌르는 소망의 아우성이 아니라 닿지 않은 소망들이 입을 다물고 쓰러진 거대한 묘지라고. 부교로 올라서기 직전 연수의 발이 묘하게 아슬아슬한 모양새로 쌓여 있는 돌탑을 건드렸다. 연수의 동작은 너무 자연스러워

실수였는지 고의였는지 판단하기 어려웠다.
피사의 사탑처럼 기운 채 버티고 있던 돌탑이
순식간에 무너졌다. 연수는 그 몰락의 소리를
듣고도 못 들은 척 뒤도 돌아보지 않고 부교
위로 올라섰다. 아니, 연수는 정말로 돌탑이
무너지는 소리를 못 들었을지도 모른다.
시종일관 돌돌돌돌 쏴사사사, 물살이 내는
소리가 배경음으로 깔려 있었으니까. 나는
행여 누가 보기라도 했을까 싶어 연수 대신
주위를 둘러보았다. 다행히 작은 돌탑의
몰락에 주목하는 사람은 없어 보였다. 다행인
걸까? 나는 쭈그리고 앉아 연수가 무너뜨린
돌탑을 다시 세워보려 했지만, 돌멩이 세 개
이상을 쌓지 못했다. 내 손길로는 돌탑을
완성할 수 없었다. 간절함이 없어서일까?
연수는 벌써 저만치 멀어지고 있었다. 나는
방금 쌓은 허술한 삼층 돌탑을 내 손으로

무너뜨리고 그중 유난히 매끄럽고 둥글납작한
검은 돌 하나를 슬쩍 주머니에 넣었다.

❖

　누가 최초의 기억을 물었을 때 기억의
강물을 거슬러 올라가 당도한 그 자리에
연수가 있었다. 내가 기억하는 첫 장면은
이러하다. 내 손에는 끈적이는 어떤 것이
쥐어져 있고 나는 그것을 입으로 가져간다.
그것이 내 이에 닿아 사각거리는 느낌과
소리를 전달하는 순간 입안 가득 상쾌한
단맛이 퍼진다. 나는 앉아 있고 엉덩이 밑으로
푹신함과 온기가 느껴진다. 그런데 나는 이
모든 것을 느끼는 동시에 눈앞의 장면으로
보고 있다. 내가 어떤 어른의 무릎에 앉아
손에 든 사과 조각을 입으로 가져가는 게

똑똑히 보인다. 그래서 한동안 나는 이 첫 기억을 거울 속 장면으로 이해했다. 엄마 품에 안겨 사과를 먹는 내 모습을 거울로 바라보며 시각과 촉각과 미각과 청각을 동시에 작동한 장면이라고. 이 기억이 착각이었음을 안 것은 스무 살이 넘어서였다. 연수가 보여준 사진 한 장이 내 기억의 왜곡을 바로잡았다. 대학 신입생 시절 연수네 집에 놀러 갔을 때 연수가 통과의례처럼 보여준 옛날 앨범에 그 사진이 있었다. 사진 속 배경은 대구 외갓집이 분명했다. 유난히 검은색으로 번들거렸던 적산가옥 마루 위에 20대 중반의 두 여자가 각자 걸음마쟁이 아이를 하나씩 무릎 위에 올려놓고 카메라를 응시하고 있었다. 두 여자는 쌍둥이라고 해도 좋을 만큼 이목구비며 옷차림새, 머리 모양이 흡사했지만 각자 안고 있는 아이는 친척이라고 하면 아무도 안 믿을 만큼 닮은 구석이 없었다. 연수가 사진 속 네 사람을 하나씩 가리키며 설명했다.

이게 우리 엄마, 이게 너네 엄마, 이게 너고, 이게 나야.

연수의 말에 의하면 쌍둥이처럼 닮았지만 사실은 두 살 터울 자매인 내 엄마와 이모가 상대의 아이를 안고 있었다. 두 아이 모두 사과 한 쪽씩을 손에 쥐고 있는데, 외탁해 눈이 크고 코가 오뚝한 연수는 사과를 들고 카메라를 보고 있고 친탁해 눈이 갸름하고 콧방울도 넓은 나는 사과를 입으로 가져간 자세로 연수와 내 엄마 쪽을 보고 있다. 그러니까 내가 첫 기억으로 떠올린 그날 나는 사과를 먹으며 거울을 보고 있었던 게 아니라 맞은편의 엄마와 연수를 보고 있었던 것이다. 지금도 느껴지는 사과의 단맛과 아삭거리는

감각, 끈적이는 손이 눈앞의 연수를 통과해
재생되고 있었고, 나는 연수의 모습을 내
것으로 착각했다. 연수의 방에서 사진을 본
날 나는 20년 만의 오해에서 벗어난 충격으로
얼얼한 상태였는데, 정작 연수는 그날의
기억이 전혀 없다고 했다. 연수가 들려준 첫
기억의 배경은 한강이었고 거기에 이모부가
있었다. 이모부는 연수에게 강변 공원의 꽃을
몰래 꺾어주었고 태양을 닮은 주황색 꽃은
연수에게 최초의 기억이자 최초의 숭배로
각인되었다. 나는 나의 첫 기억에 새겨진
연수의 첫 기억에 내가 없다는 사실을 깨닫고
공간 밖으로 밀쳐진 듯한 소외감을 느꼈다.

연수와 나는 같은 날 태어났다. 이모는
서울 반포에서 엄마는 구미에서 여섯 시간
간격으로 나란히 첫아이를 낳았다. 두
딸이 동시에 진통을 시작했다는 소식을

들은 외할머니는 혼이 나간 사람처럼
안절부절못하다가 고향집에서 더 멀리 떨어져
사는 큰딸에게 먼저 달려갔다. 외할머니는
서울에서 딱 삼칠일 동안 이모와 연수를
보살피고 21일째 되는 날 도망치듯 짐을
싸서 대구로 돌아왔다. 엄마는 군부대 사택에
살던 시절 나를 낳았고 딱 일주일 시어머니
손에 산후조리를 맡긴 후 어기적거릴지라도
제힘으로 걸을 수 있게 되면서부터 혼자서
나를 키웠다.

　　연수와 나는 태어난 날부터 외가 주변
친척들 사이에서 화제와 관심의 대상이
되었다. 쌍둥이 같은 자매가 쌍둥이처럼
한날에 낳은 사촌 자매는 구경하고
참견하기에 좋았을 것이다. 명절에 대구에
내려가면 어른들은 연수와 나를 훑어보고
당장 비교와 평가를 시작했다. 아기 적에는

서로의 발달 상태를 비교했을 것이고 (너도
도리도리 죔죔 할 수 있어?) (너는 언제 걸을래?)
(이가 몇 개 났는지 보자) 학교에 다니기
시작하면서부터는 성적을 비교했다. 솔직히
외모와 발달 정도는 유전자에서부터 차이가
났고 자라면서 점점 격차가 크게 벌어졌기에
애초에 경쟁 대상이 되지 못했다. 내가 노려볼
만한 분야는 그나마 성적과 인성 정도였는데,
10대 초반부터 이모네와 우리 집 경제 사정의
격차가 유전자만큼 크게 벌어지기 시작했고
유난스러운 이모의 교육열까지 가세해 연수와
나의 성적도 점점 차이 나게 되었다. 어느
명절, 이모가 외갓집 큰방 아랫목에 앉아
귤을 까먹으며 강남은 내신 관리가 중요한데,
예체능 과목 교사에게 30만 원을 주면 실기
점수 A, 20만 원을 주면 B, 10만 원을 주면
C를 받을 수 있다고 천연덕스럽게 말했다.

다음 날 집으로 돌아가는 차 안에서 엄마는 내 손을 꼭 잡고 창밖을 보는 척하며 내내 울었다. 3년 전 전역한 아빠가 옛 상사에게 물려받은 치킨 집이 쫄딱 망해버린 직후였다.

마지막으로 남은 패가 인성이었지만, 연수는 친척들 사이에 '세상 착한 딸'로 통했다. 우리 연수는 살면서 내 말에 토를 단 적이 단 한 번도 없어. 내 딸이지만 참 신기할 정도야. 이모는 늘 연수의 착함과 순종을 자랑했고, 그 점은 나도 인정할 수밖에 없을 정도로 연수가 어른 말을 거스르는 모습을 본 적이 없었다. 결국 나의 완패는 처음부터 빤히 보이는 결과였다. 그럼에도 어른들은 끊임없이 우리 둘을 비교하고 재고 평가했다. 아마 실제 경쟁에 나선 사람은 연수와 내가 아니라 엄마와 이모였을 것이다. 연수와 나는 이모와 엄마가 움직이는 장기짝에

불과했다. 언제부턴가 연수를 쫓아가려는
생각을 깨끗이 단념한 나와 달리 엄마는
늘 이모의 등을 바라보았고, 제 맘대로
좁혀지지 않는 거리를 확인할 때마다 번번이
서러워하고 불행해했다. 그렇게 십수 년을
보내다가 내가 연수와 같은 대학에 들어간
일을 엄마는 반전이자 최종 승리로 해석했다.
그러나 이모는 나의 합격을 진심으로
축하하고 첫 등록금까지 내주는 선의를
베풀어 엄마의 승리감을 퇴색시켰다. 게다가
연수의 성적으로 충분히 의대에 들어갈
수도 있었지만 여자애 의사 만들면 남 좋은
일만 시키고 본인은 힘만 든다며, 일부러
약대를 골라 '하향 지원'했음을 강조하는
것도 잊지 않았다. 이모의 자랑마다 예민하게
반응했던 엄마는 이때만큼은 그게 자랑인지
못 알아들은 척 연수와 내가 같은 날 태어나

사주팔자도 똑같은 모양이라고 별 근거 없는 말을 반복했다. 눈치 없는 친척들은 이모의 자랑과 엄마의 착각이 상당히 모순된다는 사실도 모른 채 두 사람 모두에게 맞장구치며 우리 둘의 앞날을 축하했다. 술이 여러 차례 돌았다. 목소리들이 커졌다. 그 떠들썩한 자리에서 가장 겉도는 사람이 연수와 나였다. 어느 순간 연수가 내 옆구리를 찔렀다. 연수는 조신한 말투로 이모에게 잠시 산책을 다녀오겠다고 말하고 나를 데리고 밖으로 나왔다.

　적산가옥이었던 외갓집에는 '뒤안'이라고 부르는 공간이 있었다. 아마도 뒤꼍의 방언일 후미진 뒤안은 늘 습기와 그늘이 고여 젖은 흙냄새를 풍겼다. 연수와 나는 어렸을 때부터 뒤안에 숨어 공기놀이를 하거나 소꿉놀이를 했다. 뒤안에는 공깃돌로 삼을 만한 작은

돌멩이가 많았고, 소꿉놀이의 재료로 쓸
잡초와 들꽃도 자랐다. 그날 연수는 집 밖에
나가는 척 대문을 열었다가 소리만 내고
다시 닫더니 살금살금 걸어 뒤안으로 갔다.
연수와 함께 뒤안에 온 것도 오랜만이었다.
아무도 쓰지 않아 이끼와 먼지를 입은 댓돌이
있었다. 댓돌은 어린 날 우리의 부엌이고
무대였다. 연수가 그 댓돌에 엉덩이를 걸치고
앉았다. 나는 연수를 바라보며 담벼락에
기대어 섰다. 연수가 주머니에서 담뱃갑과
라이터를 꺼냈다. 나는 놀란 마음을 들키지
않으려고 일부러 연수 뒤쪽 벽을 노려보았다.
연수가 익숙하게 담배에 불을 붙이고 급히 한
모금을 빨았다. 흙냄새를 품은 담배 냄새가
뒤안 가득 퍼졌다. 집 안에서 왁자하게 웃는
어른들의 소리가 들렸다. 연수가 말없이
담뱃갑을 내밀었다. 나는 어쩐지 지고 싶지

않은 마음으로 담배 한 개비를 꺼내 입에
물었다. 연수가 라이터를 건넸다. 라이터는
서툰 내 손길에 쉽게 불을 내어주지 않았다.
연수가 라이터를 뺏어다가 불을 붙여주었다.
담배를 한 모금 깊이 빨았다. 연기가 갈퀴처럼
목구멍에서 기관지까지 쓱 훑고 지나갔다.
기침이 터졌다. 눈물이 쑥 나왔다. 연수가
클클 웃으며 능숙하게 연기를 내뿜었다.
흰 연기 사이로 보이는 연수의 얼굴이
새삼스레 예뻤다. 순간 나는 연수가 단 한
번도 나를 경쟁 상대로 여겨본 적이 없다는
사실을 깨달았고 연수와의 경쟁을 깨끗이,
최종적으로 단념했다.

물 위를 걸었던 날이 지나고, 다음 날

연수는 사라졌다. 나는 연수가 사라지기 직전
마지막으로 만난 사람이 되었다. 사람들은
내게 그날을 기억해보라고 종용했다. 너희는
쌍둥이 같은 사이가 아니냐고, 그러니 다른
사람은 몰라도 너는 연수의 사라짐에 대해
어떤 낌새를 알아챘어야 하지 않았냐고.
지금 생각하면 사진이나 좀 찍어놓을 걸
그랬다. 연수나 나나 사진을 찍는 일도
찍히는 일도 별로 좋아하지 않아서 우리가
물 위를 걸었다는 증거는 어디에도 없다.
그날의 일은 오직 내 기억 속에만 존재해서
증거가 되지 못했다. 부교 위를 걷다가 연수가
걸음을 멈추고 유난히 새하얗게 번뜩이는
절벽 틈새 눈을 가리키며 내일이면 4월인데
눈이 녹지 않았다니 거짓말 같아, 했던
것도 내일이 만우절인데 저 눈이 사라져야
거짓말이 되는 건지 저 눈이 녹지 않고 버텨야

거짓말이 완성되는 건지 헷갈린다고 말한
것도 오직 내 기억에만 남았다. 만우절이라는
말이 나오자 우리 둘 다 약속이라도 한 듯
입을 다물었는데, 그건 연수에게도 내게도
만우절에 사라진 사람이 있기 때문이었다.
아. 그런데 생각해보니 연수도 결국 만우절에
사라졌다. 연수는 늘 내 사캐즘이 촌스럽다고
놀렸는데, 연수의 농담은 고약하고 징그럽다.
나쁜 년.

　　연수는 성미 급한 노파처럼 상체를 한껏
숙이고 물살을 거슬러 부교 위를 걸어가는
뒷모습으로 남았다. 그게 하필 뒷모습이라는
사실에 화가 나서 나는 기억에 기억을
덧씌우려고 이전의 연수들을 떠올리는 일에
골몰했다.

　　자라면서 기껏 명절에나 하루씩 만날 수
있었던 연수와 나는 같은 대학에 들어가면서

비로소 가까워졌다. 연수가 대학에 들어간
뒤 이모네는 반포 32평 아파트를 팔고
사당동에 49평 아파트를 샀다. 연수는
주말이면 기숙사에 틀어박혀 있는 나를
제집으로 불러냈고 나는 이모네 3인 가족
사이에 끼어 어색하게 유기농 재료로 차린
밥을 먹었다. 널찍한 아파트에서 두 번째로
넓은 방이 연수의 방이었다. 식사를 마치고
우리는 그 방에 들어가 비디오를 보고 음악을
듣고 과자를 먹었다. 연수는 내가 들어본
적 없는 감독의 영화를 보여주었고, 내가
몰랐던 뮤지션의 음악을 들려주었다. 지금도
LP 레코드판을 턴테이블 위에 능숙하게
올려놓던 연수의 기다란 손가락을 떠올리면
왼쪽 갈비뼈 근처가 뻐근하게 아파온다. 집
안에서 연수는 다소곳했다. 이모와 단란하게
대화를 나누며 웃었고 이모부를 등 뒤에서

끌어안으며 어리광을 부리기도 했다. 그러나 학교에서 보는 연수는 다른 사람이었다. 큰 소리로 요란하게 웃었고 털털하게 다리를 벌리고 앉았다. 약대 앞을 지나가다 작은 광장에서 같은 과 남학생들과 족구를 하는 연수를 자주 볼 수 있었다. 둘이 같이 있다가 아는 사람이라도 만나면 다들 연수를 궁금해했다. 사촌 사이라고 밝히면 어김없이 못 믿겠다는 반응부터 나왔다. 그 정도로 연수와 나는 닮은 구석이 없었다. 외모도 분위기도 성격도 달랐고 심지어 음색과 말투도 크게 달랐다. 연수와 함께 다니면서 나는 부쩍 지역색이 묻어나는 나의 억양이 부끄러워졌다. 외갓집에 친척들이 모이면 특유의 지역 억양을 사용하지 않는 유일한 사람이 연수였다. 이모도 이모부도 아직 고향 말투를 버리지 않았는데, 서울에서

태어나고 서울에서 자란 연수는 부모의
언어를 물려받지 않았다. 전공 수업 중에
음성학이 있었다. 교수가 강의실에 마이크를
돌리며 각자 주어진 발음을 세 번 반복하게
했다. 내 차례가 되어 주어진 모음 발음을
세 번 반복했는데, 교수가 나를 바라보더니
말했다. 자네는 영어도 경상도 억양으로
발음하는군. 학생들이 와르르 웃었다. 나는
수치스러웠다. 그날부터 나는 내 어머니의
언어를 버리려고 모진 애를 썼다. 연수와
만날 때마다 연수의 말투를 귀 기울여 들었고
녹음기에 저장하듯 마음속에 담아두었다가
혼자서 그 말투를 흉내 냈다. 말할 때마다
연수로 빙의했다고 상상했다. 첫 기억 속에서
엄마 품에 안겨 사과를 먹는 연수를 내
모습으로 착각했던 것처럼 나는 나를 연수로
착각하고 혀를 움직였다. 내 생일날, 그러니까

연수의 생일이기도 한 그날, 고향의 엄마에게
전화를 걸어 낳아주셔서 고맙습니다, 하고
낯간지러운 말을 건넸을 때, 엄마가 우리
딸이 왜 이렇게 낯설어졌나, 하고 수줍게
웃어주었던 순간 나는 드디어 연수의 언어가
내 모국어가 되었음을 실감하고 기뻐했다.

    강요된 경쟁 상대에서 어느새 동경의
대상이 되어버린 연수가 나의 3학년 전공
수업에 청강생으로 들어왔을 때 나는
놀라지 않을 수가 없었다. 교수도 약대생이
현대영미소설 수업을 들으러 왔다는 사실에
흥미를 보였다. 과 동기들도 연수에게
관심을 보였고 일부 복학생 남자 선배들은
노골적으로 연수와 '연결'해달라고 졸랐다.
오직 연수만 주위의 술렁임에 아랑곳하지
않고 수업 자체에 집중했다. 연수는 제임스
조이스의 《율리시스》가 성취한 모더니즘과

의식의흐름 기법에 대해 교수와 긴 대화를
나눌 수 있는 유일한 학생이었고 왜 제임스
조이스는 가르치면서 같은 시대에 같은
사조로 활동한 버지니아 울프는 가르치지
않느냐고 도발적인 질문을 던진 유일한
학생이기도 했다. 교수는 연수의 말 한마디에
흥분했다 낙담하기를 반복했고, 그런 연수를
꼴 보기 싫어하는 애들이 늘어났다. 기말고사
직전 나는 연수와 학생 식당에서 밥을 먹다가
우리 과 여학생 하나가 전해달라고 했다며
조용히 속삭였다. 너 나대지 좀 말래. 물론
연수에게 그렇게 전해달라고 한 사람은
없었지만, 딱히 거짓말을 하고 있다는 생각도
들지 않았다. 연수는 입꼬리를 비틀어 올리며
핏 웃더니 멸치볶음을 집어 먹듯 심상하게
말했다. 안 그래도 그만두려고 했어. 수업이
영 따분해서 말이야.

4학년이 되면서 연수도 나도 바빠졌다. 연수는 약사 시험을 준비해야 했고 나는 임용고시 준비를 시작했다. 그런데 그해 말 연수도 나도 둘 다 시험에 낙방한 채로 졸업식을 치렀다. 졸업식에서 만난 엄마와 이모는 둘 다 낙방한 것도 쌍둥이 팔자인가 보다는 농담으로 각자의 당혹감을 숨겼다. 그러나 연수와 나는 물론이고 엄마와 이모조차 세월에 긁힌 흔적이 너무 달라 이미 쌍둥이 같은 자매 사이에서 한껏 멀어져 있었다. 졸업 직후 나는 노량진 가까운 동네에 작은 방을 구했고 과외와 학원 강사로 생활비를 벌며 또 한 해 임용고시를 준비했다. 연수도 아마 비슷한 처지려니 생각하며 봄을 보내고 초여름을 맞았을 때 놀랍게도 연수의 약혼식 초대장이 날아왔다. 연수는 언제 어떻게 만났는지 모를 남자와 약혼하고

9월 학기에 맞춰 미국으로 함께 유학을
떠난다고 했다. 남자는 미국 로스쿨에 진학할
법대 졸업생이었고 장차 국제 변호사가
될 거라고 했다. 연수는 남자의 유학을
뒷바라지하는 틈틈이 미국에서 약사 시험을
볼 예정이고 마침내 남자가 국제 변호사가
되고 연수가 미국 약사가 되면 정식으로
결혼식을 올리고 미국에 정착하기로 했다.
물론 이 모든 이야기는 엄마를 통해 전해
들은 이모의 말이었고 '뒷바라지'라든가
'미국 약사' 같은 계획에 대해 정작 연수가
어떻게 생각하는지는 알 수 없었다. 하지만
연수를 따로 만나 속내를 들어볼 틈도 없이
연수의 약혼식은 들이닥치듯 찾아왔다. 외가
친척들이 대구에서 버스를 대절해 서울로
왔다. 이모는 특급 호텔에서 연수의 약혼식을
치렀다. 연수의 약혼자는 대학 시절 법대

근처에서 흔히 볼 수 있었던 어떤 전형에 비해
다소 성마르고 예민해 보였다. 남자 쪽 가족도
연수와 나의 외가와 비슷한 억양으로 말했다.
연수는 아무렇지 않게 방글방글 웃으며
하객들에게 인사하고 카메라를 쳐다보았다.
나는 연수가 팔려 가는 처녀처럼 불행한
얼굴을 하고 있으리라 막연히 짐작했는데,
막상 약혼식장에서 만난 연수는 그 어느
때보다 들떠 보였다. 어쩌면 연수는 진심으로
미국행을 바라고 있었는지도 몰랐다.
약혼반지를 주고받는 순서가 찾아오자
신랑의 어머니가 긴장한 얼굴로 패물함을
들고 앞으로 나왔다. 남자가 패물함을 열어
하객들에게 내용물을 보여주었다. 초록색
에메랄드, 푸른색 사파이어, 붉은색 루비
세트가 호텔 천장의 샹들리에 빛을 받아
영롱하게 반짝였다. 하객들 사이에서 나직한

탄성이 터져 나왔다. 순간 이모가 미리 맞춰준
한복을 곱게 차려입고 옆에 앉아 스테이크를
썰던 엄마가 내 쪽으로 몸을 숙이고 급하게
속삭였다. 저거, 다 네 이모가 산 보석이란다!
어쩌면 팔려 가는 사람은 연수가 아니라
연수의 약혼자인 모양이었다.

　　연수는 정말로 미국으로 떠나버렸다.
공항에 배웅 나간 이모는 비행기 탑승 시간이
임박하도록 연수를 끌어안고 놓아주지 않았고
연수가 어쩔 수 없이 게이트 너머로 사라진
다음에는 공항 바닥에 주저앉아 통곡했다고
했다. 엄마는 이 소식을 전화로 전해주며
덧붙였다. 그게 무슨 지랄이라니. 연수
약혼시킨다고 돈지랄, 제 손으로 떠밀어놓고
못 보낸다고 또 지랄. 아휴, 남사스러워.
그래놓고 또 금방 말투를 바꿔 내게 당부했다.
너라도 이모네 자주 찾아뵙고 그래. 너랑

연수가 보통 사이니? 이제 연수가 없으니
당분간 이모 딸은 너다, 너. 내가 이모 딸 되면
엄마는 어떡하려고? 내가 짐짓 농담처럼 묻자
엄마는 단 1초도 고민하지 않고 대답했다.
엄마한테는 아들이 있잖아! 그것도 둘이나!
니 이모는 연수 말고 아무도 없잖니? 그러니
이모한테 잘하렴. 엄마는 당치도 않은 말을
천연덕스럽게 하고 전화를 끊었다. 나는
어쩐지 엄마와 이모가 가지기 싫어 서로
떠미는 짐이 되어버린 기분이 들었다.

　　미국에 간 연수에게서 딱 한 번 메일이
온 적이 있다. 뉴욕에서 항공기 테러 사건이
일어나 전 세계를 충격에 빠뜨린 지 1년이
지난 후였다. 연수는 넓은 미대륙의 서부에
살고 있었기 때문에 테러 사건과 직접적인
연관은 없었지만, CNN 화면을 통해 항공기가
쌍둥이 빌딩에 부딪치는 장면을 보고 영혼이

흔들리는 충격을 받았다고 했다. '영혼이
흔들리는'은 연수가 쓴 표현이었다. 그
사건을 계기로 연수는 미국 약사 시험 준비를
중단하고 약혼자가 다니는 대학 영문과에
편입했다고 했다. 테러 사건과 영혼과
영문학이 어떤 인과로 이어지는지는 자기도
설명할 수 없지만, 영어로 된 약물 이름을
줄줄 외우는 일에 신물이 났으며, 몇 년 전 내
전공 수업을 청강하던 시절 접했던 문학을
급히 들이마시고 싶어졌다고 했다. 공부가
잘되면 석사과정에도 들어가고 내처 박사
학위까지 따서 귀국하고 싶다고도 했다. 이
돌연한 진로 변경에 대해 같이 사는 약혼자는
어떻게 생각하는지, 아마도 학비를 대줘야
할 이모와 이모부는 또 어떻게 생각하는지는
메일에 밝히지 않았다. 연수의 메일을 다 읽고
처음 든 생각은 부럽다는 것이었다. 하고 싶은

공부를 선택하기만 하면 다른 지원은 저절로
따라오는 연수의 삶이 미친 듯이 부러웠다.
당시 나는 임용고시에 연거푸 낙방하고
생활비와 월세와 학원비를 감당하기 위해
앵무새처럼 반복하는 과외와 학원 수업에
지칠 대로 지쳐 있었다. 앞이 보이지 않았다.
허허벌판에 빈손으로 서 있는 기분이었다.
의지할 데가 어디에도 없었다. 엄마 아빠는
새벽까지 문을 열어야 하는 호프집에서 번
돈을 두 남동생 뒷바라지에 쏟아붓고 있었다.
이모는 가끔 불러 밥을 먹이고 주머니에 만
원짜리 몇 장을 찔러주기는 했지만, 나를
먹여 살리지는 않았다. 당연하지 않은가.
나는 이모의 딸과 다름없다지만 이모의 딸은
아니었으니까. 이번이 진짜 마지막이라는
생각으로 응시한 임용고시에 네 번째 낙방한
날, 나는 참고서와 노트를 미련 없이 버리고

노량진을 떠났다. 학교 쪽은 쳐다보고 싶지도
않았다. 강북으로 이사하고 목동 학원가에
면접을 보러 다녔다. 과외도 다 정리하고
본격적으로 학원 강사가 될 생각이었다. 목동
언저리의 한 중형 학원에 최종 합격했다.
원장은 학부모들에게 내 경력을 멋대로
위조해 알렸다. 원장이 꾸며낸 내 경력에는
미국 유수 대학의 영문학과 석사과정
수료라고 되어 있었는데, 하필 연수가
다닌다는 대학이었다. 나는 원장이 보여준
홍보 전단 속에서 정장 차림으로 팔짱을 끼고
전문가처럼 웃고 있는 내 얼굴을 낯설게
바라보았다.

　목동 학원 강사 생활에 적응했을 무렵
연수가 돌연 귀국했다. 연수는 영문학
석사 학위도 포기하고 약혼자도 남겨두고
혼자 돌아왔다. 소식을 전해주는 엄마가

수화기 너머로 은밀하게 속닥였다. 애가
영 상해서 왔다더라. 엄마의 조심스러운
말투에 어딘가 들뜬 마음이 엿보였던 건
순전히 나의 오해였을까? 엄마는 연수와는
쌍둥이나 다름없는 사이니까 사당동 이모네에
한번 다녀오라고 당부하고 전화를 끊었다.
전화를 끊고도 한동안 엄마의 속닥임이
귓가를 맴돌았다. 애가 영 상해서 왔다더라.
이건 이모의 표현이었을까? 아니면 엄마의
재구성이었을까? 사람이 영 상했다는 건
어느 지경을 말하는 것일까? 나는 연수가
어디가 어떻게 상했는지 내 눈으로 똑똑히
확인해야겠다는 이상한 사명감으로 이모네
방문을 서둘렀다.

연수는 사당동 49평짜리 아파트에서 두
번째로 큰 방에 돌아와 있었다. 이모는 내가
사 간 과일 바구니를 받아 들면서도 휘청거릴

만큼 약해져 있었다. 언뜻 보기에 영 상해버린
사람은 연수가 아니라 이모 같았다. 이모가
연수 방으로 나를 안내하며 속삭였다. 네가
쟤 좀 어떻게 해봐. 뭘 어떻게 해보라는 건지
모른 채 서 있는데, 방문이 열렸고 연수가 내
손을 잡아채 방 안으로 끌어당겼다. 연수가
등 뒤로 쾅 소리 나게 문을 닫았다. 연수의
모습은 몇 년 사이 얼굴에 살이 좀 붙었고
길었던 머리를 짧게 자른 것 말고는 별로
달라진 게 없었다. 연수가 침대 위에 날
앉히더니 저는 책상 앞 의자에 앉았다. 그러곤
서랍에서 담배를 꺼내 피우기 시작했다. 좁지
않은 방 안에 금세 연기가 자욱해졌다. 숨
쉬기가 답답해진 내가 일어나서 방 창문을
열었다. 연수는 재떨이도 없는지 책상 위에
놓여 있던 마시다 만 커피 잔에 재를 떨었다.
잠시 후 노크도 없이 문이 열리고 이모가

쟁반에 과일과 오렌지 주스를 받쳐 들고
들어오다가 담배를 피우는 연수를 보고 놀라
얼어붙었다. 나는 이모의 손에서 쟁반이
떨어지기 직전에 쟁반부터 뺏어 내려놓았다.
이모가 선 채로 울음을 터뜨렸다. 나는
이모를 부축해 거실로 나갔다. 늙은 이모를
문간에 세워두는 건 못 할 짓 같았다. 연수는
태연하게 두 번째 담배에 불을 붙였다. 이모는
거실 소파에 앉자마자 내 품에 쓰러졌다.
이모는 내 무릎에 얼굴을 묻고 오래오래
울었다. 나는 어린애를 달래듯 이모의 등을
찬찬히 토닥였다. 이모의 울음이 커졌다.
세상에. 우리 연수가. 착한 내 딸이. 어떻게.
누가. 우리 애를. 저렇게. 나는. 못 산다. 나는
우리 딸 없이. 나는. 죽어. 이모는 띄엄띄엄
울었다. 방문이 벌컥 열리고 연수가 나왔다.
연수는 내 손을 잡아끌고 집 밖으로 나왔다.

이모는 버려졌다. 엘리베이터 문이 닫히자
연수가 내 손을 놓아주었다.

너 왜 이래? 엄마한테 왜 이래?

연수가 처음 보는 표정으로 차갑게
웃더니 침을 뱉듯이 말했다.

잘못을 했으면 벌을 받아야지.

누가 무슨 잘못을 했다는 건지, 그게
이모인지 연수인지, 또 벌은 어떻게 받는다는
건지 물어보지 못했다. 다만 한 가지는
분명하게 알 수 있었다. 영 상해버린 사람은
연수도 이모도 아니고 이모의 착하디착했던
딸이었다는 것을.

❖

나는 앞서 상상이 지극하면 기억이
된다고 말했다. 아니, 기억이 지극하면

상상이 된다고 말해야 했을까? 지금까지
술회한 연수의 이야기가 어디까지 기억이고
어디서부터 상상인지 이제는 나도 모른다.
다만 나는 기억을 향해 상체를 바짝
숙이고 앞으로 앞으로 걸어갈 뿐이고, 그
길에서 건져 올린 것을 기억이라고 지칭할
뿐이다. 그것만이 내가 감당할 수 있는
소소한 책무이기 때문에. 나는 또 지면을
밟고 기억인지 상상인지 모를 거짓/참말을
늘어놓는다.

연수는 국내에서 약사 시험이라도
보라는 이모의 간청을 뿌리치고 갑자기
영화 아카데미에 들어갔다. 영화를 만든다고
거지꼴을 하고 다녔다. 물론 이것은 이모의
표현이다. 한 5년 영화 판에서 구르며
연출을 하네, 촬영을 하네, 하더니 그 일도
처음 시작할 때처럼 돌연히 그만두었다.

나는 목동에서 학원 강사로 찬찬히 경력을
쌓아가는 와중에 불현듯 찾아온 영혼의
자극을 받고(이것은 내 표현이다) 소설 습작을
시작했다. 학원 수업이 없는 날에 서교동의 한
출판사가 운영하는 소설 창작 교실에 다녔다.
같이 창작 수업을 받는 수강생 중에는 학원
강사가 의외로 많았다. 영어, 국어, 논술, 사회,
과학 등 과목도 다양했다. 연수가 영화 판에서
나왔을 때 나는 어느 일간지 신춘문예에
당선됐다. 어떻게 알았는지 이모가 '작가님,
축하해요'라고 적힌 리본을 단 큼직한
꽃바구니를 보내왔다. 연수가 영화 아카데미
시절 무리해서 산 캠코더를 팔고 이모부에게
뜯어낸 돈까지 합쳐 신형 노트북을 사주었다.
작가 선생님이 이 정도 장비는 갖춰야지.
우리는 그날 종로2가를 쏘다니며 날이 샐
때까지 술을 마셨다. 새롭게 백수가 된 연수와

사실상 백수인 신인 무명작가가 볼썽사납게
30대 중반을 통과하고 있었다.

　내가 타이틀뿐인 작가가 된 그해에
연수는 아주 잠깐 이모의 착한 딸로
돌아왔다. 1년 바짝 공부하더니 약사
시험에 합격했다. 이모는 기도를 중단하지
않은 보람이 있다며 기뻐했다. 연수가 영
상해버린 사이에도 이모는 북한산 자락의
절에 다니며 매주 108배를 올렸다고 한다.
이모는 경기도 북부의 한 신도시에 작은
약국을 열어주었다. 연수는 사당동 집을 떠나
약국 근처 오피스텔에 월세로 들어갔다.
이모는 이제 결혼만 하면 된다고 이런저런
선 자리를 알아보았지만, 연수는 아침부터
저녁까지 오직 약국만 지키며 살았다. 엄마는
가끔 연수가 거절한 선 자리를 나라도 가서
보라고 종용해 나의 분노를 샀다. 내가

기다리는 건 결혼할 남자가 아니라 어느
출판사에서라도 보내주는 청탁 메일이었다.
소설만 써서는 생활을 할 수 없어서
학원 강사 일을 계속했지만, 연수가 사준
노트북에 소설이 쌓여갈 뿐 발표할 지면은
쉽게 주어지지 않았다. 나는 직접 투고를
하고 장편소설 공모전에 응모를 해가며
버텼다. 일주일 중 일요일에만 쉬는 연수와
월요일과 화요일에만 쉬는 나는 시간이 맞지
않아 자주 만날 수 없었다. 가끔 학생들이
중간고사나 기말고사를 봐야 해서 학원
수업이 빌 때 내가 연수의 약국으로 찾아가
함께 근처 호수 공원을 산책했다. 그 무렵
연수는 바쁘지만 평온해 보였다. 나는 몸은
평온해 보여도 마음은 다급했다. 둘이서 술을
마시면 폭음을 하게 되었다. 나는 울부짖고
연수는 호탕하게 웃는 게 당시 우리에게

새로 생긴 술버릇이었다. 술을 마신 날은 연수의 집에서 잤다. 연수의 오피스텔에는 텔레비전도 없고(영화 일을 정리한 후 스크린이라면 아주 지긋지긋하다고 했다) 더블 침대 하나와 책상 겸 식탁 하나, 그리고 책장 하나가 전부였는데, 갈 때마다 책장에 책이 늘어나는 게 보였다. 연수가 자기 전에 한 시간 정도 읽고 잔다는 책은 거의 소설 아니면 시집이었다. 미국 살던 때 구한 것인지 여기 와서 새로 산 건지 모를 영어 원서도 눈에 띄었다.

연수는 딱 10년 동안 열심히 약국을 지켰고, 그사이 번 돈으로 이모에게 빌린 돈을 다 갚았다. 연수는 옷도 신발도 사지 않고, 개처럼 벌고 거지처럼 살았다. 이것은 이모의 표현이다. 이렇게 살라고 약국을 차려준 건 아니지 않냐고, 지금이라도 제

여자를 사랑하고 건사해줄 건실한 남자 만나
알콩달콩 자식도 낳고 남들 보는 재미도
느껴가며 살라고 이모는 연수를 닦달하기
시작했다. 한 번의 약혼 이력은 아무것도
아니고 어떤 흔적도 남지 않는다고, 이모는
또 다른 판검사 남자들의 사진을 들이밀었다.
그러나 이모의 착한 딸은 약국 운영 10년
만에 또다시 영 상해버렸다. 연수는 신도시
약국을 깨끗이 정리하고 다시 이모의 49평
아파트에서 두 번째로 큰 방에 돌아왔다.
연수는 다시 방 안에서 담배를 피우기
시작했고 늦게까지 술을 마시고 돌아다녔다.
이모 말에 따르면 정신과 약도 타다 먹는 것
같았는데, 술과 약을 함께 먹은 날은 이틀
넘게 깨지 않고 잤다. 이모는 겁에 질린
목소리로 엄마에게 전화했고 엄마는 당장
내게 전화를 걸어 이모네에 찾아가보라고

했다. 엄마! 연수도 나도 이제 40대 중반이야. 내가 언제까지 어린애 뒤치다꺼리를 해야 해? 나는 화를 내며 전화를 끊었는데, 방금 내 입에서 튀어나온 그 어린애가 연수를 말하는 건지 아니면 칠순의 이모를 말하는 건지 나조차 알 수 없었다. 그 무렵 나는 모처럼 청탁받은 중편소설 원고를 쓰느라 나락 한가운데 떨어진 기분을 느끼며 살고 있었다. 이 고비를 잘 넘기면 나는 비로소 작가라는 마른 언덕에 무사히 안착할 수 있을 것이며 이 기회를 살리지 못하면 영영 축축한 계곡 밑바닥에서 비루하게 살게 될지니. 나는 사이비 종교 교주처럼 나 자신을 세뇌시켰다.

연수가 사라진 후 물윗길을 걷던

장면에만 집중하느라 어쩌면 결정적일
수도 있는 대화를 너무도 늦게 떠올렸다.
8킬로미터에 달하는 물윗길을 종주하고
마침내 지상으로 올라왔을 때 우리는 목도
몹시 마르고 발목과 무릎도 시큰거리는
취약한 상태였다. 우리는 가장 먼저 발견한
카페로 홀린 듯이 들어갔다. 아무것도 재지
않고 무턱대고 들어간 곳치고 카페는 전망
좋은 창으로 저 아래 계곡이 내려다보였고
커피와 음료 외에 갓 구운 빵도 팔았다.
우리는 쟁반 가득 빵을 욕심껏 담고 커피와
탄산음료를 두 개씩 시켰다. 배가 너무
고파 기절할 지경이었다. 주문한 음식이
나오자마자 연수와 나는 허겁지겁 목을
축이고 배를 채웠다. 얼음이 가득한 찬 것을
두 잔씩 마셨더니 물윗길을 걸어오는 사이
땀으로 젖었던 몸이 식으며 오소소 소름이

돌았다. 아무래도 감기 몸살에 걸릴 예감이
들었다. 나는 불과 얼마 전까지 약사였던
연수에게 이렇게 으슬으슬할 때 예방
차원에서 감기약을 먹으면 효과가 좋은지
오히려 역효과를 낳는지 물었다. 연수는
고개를 갸웃할 뿐 어떤 대답도 하지 않았다.
연수는 그새 눈을 감고 졸았다. 연수가 약을
먹지 않으면 잠을 통 못 잔다는 엄마의 말이
떠올랐다. 나는 앞으로 팔짱을 낀 채 눈을
감은 연수를 놔두고 카페 밖으로 나왔다. 창
너머로 보였던 계곡이 발 바로 밑에 펼쳐져
있었다. 아찔한 그 공간에 검은 새 두 마리가
천천히 활공하고 있었다. 독수리일까?
매일까? 큰까마귀는 아닐까? 새는 계곡
아래로 곤두박질치듯 내려갔다가 순식간에
위로 솟구치길 반복했는데, 어느 순간 두
마리가 허공 한가운데서 부딪칠 정도로

가깝게 스치며 교차했다. 하이파이브로도
대치로도 보이는 그 장면에서 눈을 뗄 수가
없었다. 어릴 때는 절벽 너머로 몸을 날려
활공하는 꿈을 자주 꿨다. 식은땀을 흘리며
잠에서 깨어나면 엄마는 크느라 그런 거라며
마른손으로 내 이마를 쓱 한 번 훔쳐주었다.
비상하는 꿈은 더 이상 꾸지 않았다. 그런
꿈을 꾸기에 현실의 나는 주렁주렁 무거웠다.

새조차 계곡을 떠났을 때 카페 안으로
들어가 연수를 깨웠다. 연수는 소스라치게
놀라며 잠에서 놓여났다. 연수가 흐리멍덩한
눈으로 나를 올려다보았다. 애가 영 상해서
왔다더라. 오래전 엄마의 말이 떠올랐다. 잠깐
존 사이 연수는 어디를 얼마나 긁히고 돌아온
걸까? 나는 불쑥 솟구치는 설움을 목울대
아래로 밀어 넣고 연수를 일으켜 세웠다.
연수는 나의 착한 딸이 되어 순순히 나를

따라왔다.

　　연수가 중국 앵무새 이야기를 들려준
것은 돌아오는 차 안에서였다. 이것은
기억이지만 또한 상상으로 변신할 수도
있으므로 나는 되도록 내가 들은 연수의
말을 그대로 옮기려 애써보겠다. 그러므로
다음 문단부터는 오로지 연수의 표현, 연수의
말투다.

　　상상이 기억으로 굳어버린 경험 있어?
내겐 중국 앵무새가 있어. 중국 앵무새를
알아? 미국 살 때 그 남자한테 얻어맞고
맨발로 도망쳤을 때 처음 중국 앵무새를
만났어. 아, 그런 눈으로 보지 마. 20년도
더 된 이야기니까. 나도 맞고만 있지
않았어. 당장 엄마가 송금해주는 생활비
계좌부터 묶어버리고 대학 주변의 모텔로
피신했으니까. 그 자식, 나중에 날 찾아와서

무릎을 꿇고 빌더라. 제발 돌아와달라고.
메타포 아니고 진짜 무릎을 꿇었다니까? 아,
이런 이야기를 하려던 건 아니고. 아무튼
그 자식이 처음 발작한 날 맨발로 정신없이
캠퍼스를 돌아다니다 어느 강의실 열린 창
밑에 쭈그리고 앉아 강사의 목소리를 훔쳐
들었어. 놀랍게도 강사는 버지니아 울프의
《댈러웨이 부인》 앞부분을 낭독하고 있었어.
강사의 음성을 타고 댈러웨이 부인이 꽃을
사러 런던 거리를 걸어가고 있었지. 댈러웨이
부인은 어린 시절 친구를 우연히 만나고, 젊은
나날 사랑했던 사람들을 차례로 떠올리지.
댈러웨이 부인이 오래전 스쳐 갔던 여러
집을 나열하는 대목에서 "중국 앵무새가
있는 집"이라는 구절이 내 귀에 날아들었어.
뭐라고 설명하면 좋을까? 강사의 영어를
완전하게 알아듣지 못하는 와중에도 그

중국 앵무새라는 단어가 새처럼 날아와 내
귓바퀴에 내려앉는 기분이었어. 나는 듣기를
멈추고 어느새 상상의 영역으로 넘어갔어.
중국 앵무새가 있는 집은 어떤 모습일까,
구체적으로 그려보기 시작했지. 그날
캠퍼스를 떠나고, 모텔로 피신하고, 그 남자와
옥신각신 다툼을 벌이고, 새집을 구하고,
영문과에 편입을 준비하는 와중에도 나는
간간이 앵무새가 있는 집을 떠올렸어. 얼마나
골똘히 생각했는지 나중에는 실제로 앵무새가
있는 집을 목격한 것만 같았고 어느새 그런
집에 살았던 기억까지 간직하게 되었지.
생활이 조금 안정되었을 때 나는 캠퍼스 안
서점에 가서 버지니아 울프의 그 책을 샀어.
그리고 오랫동안 참아왔던 다디단 물을
마시듯 허겁지겁 책을 읽어나갔지. 책 속에서
댈러웨이 부인이 되어 꽃을 사고 파티를

준비하고 옛사랑을 떠올리고 옛사랑을 만나고
죽음을 목격하고 삶의 방향으로 다락방에
올라갔어. 그러는 동안에도 내 기억을 완전히
차지한 장면은 단연 중국 앵무새였어. 상상
속에서 중국 앵무새는 윌리엄 모리스의
벽지로 꾸며진 우아한 방 안을 자유롭게
날았어. 앵무새의 깃털은 아무래도 주황색과
청록색의 믹스가 좋겠지? 머리 쪽 털은
태양처럼 붉게 이글거리면 어때? 녀석의
횃대는 금색으로 칠해주자. 터키색 벽지를
배경으로 황금색이 눈부시게 빛날 테니까.
녀석의 몸을 덥혀줄 벽난로 위 선반은
상아색으로 칠하자. 형광등 빛처럼 시푸른
흰색은 싫어. 그런데 중국 앵무새는 왜 중국
앵무새지? 나는 상상의 영역을 점점 넓히고
세부를 채워나가면서도 중국 앵무새의 실체를
검색해보지 않았어. 상상의 자리에 차가운

사실을 던져 파문을 일으키고 싶지 않았거든.
아마도 나는 영문과에서 2년, 석사 과정에서
또 2년을 보내는 동안 중국 앵무새와
동거했던 걸지도 몰라. 삶은 예측 불허라
의미가 있다고 누가 그랬지? 그 남자가
엄마한테 직접 연락해 딸 단속 좀 하라고
으름장을 놓았어. 그 자식도 이판사판이었던
거야. 엄마는 내가 파혼이라도 하면 지울
수 없는 낙인이 찍힌다는 듯이 어이없게
내 계좌로 보내던 생활비 송금을 중단했어.
그러면 내가 그 남자한테 돌아갈 거라고
생각했던가 봐. 그럴 리가 없잖아. 나는
일단 월세를 해결하기 위해 아르바이트를
시작했어. 석사 논문은 잠시 미루기로 했지.
당장 사는 게 퍽퍽해졌지만 나는 밤마다 나의
중국 앵무새를 끌어안고 잤어. 그런 눈으로
쳐다보지 마. 나 미친년 아니야. 넌 작가니까

이해해야 해. 상상이 지극하면 기억이 된다는
사실을.

　　그다음부터는 너도 아는 이야기야.
결국 논문을 쓰지 못했고, 비자 문제까지
겹쳐 한국으로 돌아올 수밖에 없었어.
불법 체류자가 될 수는 없었으니까. 그
지경을 감수할 만큼 학위가 욕심나지도
않았어. 처음부터 엄마가 가라니까 갔던
거잖아. 멍청이처럼, 엄마가 짝지어준
남자랑 약혼하고 엄마가 점찍어놓은 집에
들어가 살고 엄마가 가란 곳에서 공부하고.
엄마한테서 벗어날 수 있다는 생각에 급급해
멍청하게 살았어. 그래서 벌을 받았고.
하지만 이만하면 벌은 충분히 받았으니
한국에 돌아가면 잘못을 저지르지 말아야지.
무엇보다 나한테 잘못하지 말아야지. 이렇게
생각했어.

한국에 오면서 책은 다 버리고 왔어. 다시는 볼 것 같지 않았어. 문학에 기대 통과한 구간은 이미 지나갔다고. 그래서 한동안 폐인처럼 살다가 영화 판에 들어갔잖아. 거기서도 5년쯤 버텼나? 그러곤 결국 약사가 되었지. 엄마에게 빚진 걸 갚아야겠으니 어쩔 수 없잖아? 약국 일을 하면서 다시 책을 읽기 시작했어. 일요일 한나절을 도서관이나 서점에서 보냈어. 그러다 우연히 《댈러웨이 부인》 번역본을 만나지 않았겠어? 오래전 맨발로 남의 강의실 창문 아래 쭈그리고 앉아 강사의 낭독 소리에 귀를 기울였던 때가 떠올랐어. 잘 견뎠구나 싶었고, 나 자신이 대견해 그 책을 선물로 샀어. 그리고 서점 근처 공원에 나가 책을 읽기 시작했지. 오랜만에 중국 앵무새를 만날 생각에 책장을 펼치자마자 가슴이 뛰었어.

약국 일을 시작하면서부터 중국 앵무새가

찾아오지 않았거든. 그런데, 세상에. 한국어로

가지런히 놓인 문장 어디에도 중국 앵무새는

없었어. 아무리 뒤져봐도 흔적조차 없었지.

중국 앵무새가 있어야 할 자리에 오직

차갑고 하얀 '도자기 앵무새'만 있었어. 당장

스마트폰으로 원서 전자책을 사 읽어보았어.

원서에 'the china cockatoo'라는 단어가 차갑게

나를 쏘아보았어. 도자기를 뜻하는 'china'를

중국으로 오해한 거였어. 중국 앵무새였다면

'Chinese cockatoo'라고 했어야 한다는 생각도

뒤늦게 떠올랐고. 상상에서 기억이 되어버린

중국 앵무새가 있는 집도 산산조각이

나버렸어. 내가 오래도록 사랑하고 의지했던

중국 앵무새는 처음부터 존재하지도 않았던

거야. 나는 한동안 충격에서 벗어나지

못했어. 방문을 열었다가 싸늘하게 식은

중국 앵무새의 시체를 발견하는 악몽을 꾸기 시작했어. 잠이 망가지고 낮도 허물어졌어. 나는 오해로 시작해 소멸을 향해 가는 멍청이였던 걸까. 다행히 밤과 낮이 완전히 무너지기 전에 엄마한테 빌린 돈을 다 갚을 수 있었어. 이제 밤이든 낮이든 무너져도 괜찮아. 발밑에서 세계가 꺼진다 해도 무섭지 않아. 소망하는 게 없으면 깨끗이 사라질 수 있어.

그러나 연수는 내 집 앞에 나를 내려주기 전에 어떤 소망을 말했다. 어린 시절 이모랑 이모부랑 용인의 호암미술관에 피크닉을 간 적이 있는데, 거기서 커다란 공작을 여러 마리 보았다고. 풀밭에 공작이 자유롭게 걸어다니며 간혹 화려한 꽁짓깃을 활짝 펼쳤다고. 공작의 아름다움은 분명히 목격한 사실이니 중국 앵무새처럼 허망하게 깨지는 않을 거라고. 그러니 어린 날의 기억을 확인하기 위해서라도 호암미술관에 가보고 싶다고.
그곳에 아름다운 정원이 있는데 어느 계절에
가도 장관이겠지만 봄꽃이 필 무렵이 가장
아름다울 것이므로 한 달쯤 후에 함께
가보자고. 그때 또 오늘처럼 불쑥 찾아와 늦잠
자는 나를 깨우겠다고. 그날은 둘 다 튼튼한
신발을 신고 나가자고. 발목이나 무릎이 쉬
아프지 않게 오래오래 걸어보자고. 보드라운
풀밭을 꾹꾹 눌러 밟으며 지구의 자전 방향을
거꾸로 돌려보자고. 그러면 중국 앵무새가
살아 돌아올 수도 있지 않겠냐고. 그러더니
마지막 말은 미친년의 헛소리 같으니
잊어달라고 했다. 나는 연수의 말을 하나도
잊지 않았다.

이모는 연수의 장례식도 치르지 않았다.
그래놓고 연수의 짐을 서둘러 정리하고 싶어
했다. 엄마가 전화를 걸어 꽉 잠긴 목소리로
내게 연수의 짐 정리를 부탁했다. 요즘은
그런 일을 해주는 업체도 있는가 보더라만,
그래도 남의 손에 연수 짐을 맡길 수는 없지
않아? 그렇다고 자식 잃은 부모 손으로 유품
정리까지 하라고 한다면, 아휴 그건 너무
잔인하잖니. 엄마는 한참을 흐느꼈다.

　　이모는 연수 방에 들어오지도 않았다.
무서워서 들어갈 수가 없다고 했다. 나는 연수
방에 처음으로 혼자 섰다. 방은 수녀원을
연상시킬 정도로 검박하고 쓸쓸했다.
옷장에 옷 몇 벌이 걸려 있었고 책장에 꽂힌
책도 몇 권 되지 않았다. 미리 준비해 온

커다란 종량제 봉투에 연수가 쓰던 회색
차렵이불부터 넣었다. 이불과 베개가 치워진
연수의 침대는 금세 휑뎅그렁해졌다. 연수의
옷을 의류 수거함에 버리려다가 차곡차곡
개어 준비해 간 종이 박스에 담았다. 연수와
나는 체형이 달라 연수의 옷이 내겐 쓸모가
없겠지만, 연수의 몸을 기억하고 있을
옷가지를 버리고 싶지 않았다. 언제 또
마음이 바뀌어버리게 되더라도 우선은 내
집에 가져가기로 했다. 옷가지 위에 연수의
책 몇 권과 노트, 필기구를 넣었다. 책을 한
권 한 권 넣으며 그중 하나가 《댈러웨이
부인》이라는 사실을 애써 모른 척했다.
서랍을 열고 연수가 넣어둔 담뱃갑과
라이터도 챙겼다. 짐 정리는 너무 순식간에
끝났다. 나는 연수의 이불부터 아파트 일층
쓰레기장에 버리고 왔다. 그리고 남은 짐을

가지러 연수 방에 돌아갔다. 연수의 모든 것이
담긴 종이 박스가 말끔한 바닥에 얌전히 놓여
있었다. 나는 마지막 확인차 책상 서랍을
다시 한번 열어보고 침대 밑과 벽 사이도
살펴보았다. 그리고 마지막으로 빈 옷장을
열었다. 옷장 그늘 속에서 포르르 흰 것이
날아올랐다. 그것이 방 안을 세 번 맴돌더니
연수의 의자 등받이 위에 내려앉았다. 그것은
머리부터 꽁지까지 온통 새하얀 앵무새였다.
앵무새는 입을 다물고 나를 빤히 쳐다보았다.
네가 연수의 중국 앵무새구나? 나는 외투
앞섶을 활짝 열었다. 중국 앵무새가 내 품에
날아들었다. 나는 옷을 여미고 연수의 짐이
든 종이 박스를 들고 연수의 방을 나왔다.
이모가 엘리베이터 앞까지 배웅했다. 못 본
사이 이모는 영 상해버렸다. 이모가 떼꾼한
눈으로 나를 물끄러미 쳐다보았다. 이모는

내게서 연수와 비슷한 면을 하나도 발견하지
못하리라. 그렇게 생각하니 새삼 이모에게
미안해졌다. 연수를 조금도 닮지 못한 내가,
연수의 흔적을 전혀 간직하지 못한 내가
부끄러웠다. 엘리베이터 문이 열리자 이모가
갑자기 흰 봉투 하나를 내 바지 주머니에
찔러 넣었다. 박스를 들고 있느라 말릴 틈도
없었다. 엘리베이터 문이 닫히는 사이로
이모가 다급하게 외쳤다. 또 놀러 오너라! 꼭!
엘리베이터 바닥에 상자를 내려놓고 이모가
준 봉투를 열어보았다. 그 안에는 두 계절
전에 청탁을 받았으나 아직 한 줄도 쓰지 못한
중편소설의 원고료만큼이 들어 있었다. 나는
돈봉투의 허리를 욱여서 연수의 짐 사이에
던져 넣었다. 잘못했으면 벌을 받아야지.
오래전 연수가 한 말이 떠올랐다. 앵무새가
날개를 퍼덕이며 내 가슴을 간질였다. 나는

웃어야 할지 울어야 할지 알 수 없어 눈을
질끈 감아버렸다.

아파트 정문에서 택시를 잡았다.
호암미술관이요. 내 말에 기사가 백미러로
나를 흘낏 보았다. 내겐 멀리 갈 수 있는
택시비가 충분했다. 가슴을 펴자 품
안의 앵무새가 또 퍼덕였다. 연수를 닮아
장난기가 있는 녀석이었다. 미술관에 좋은
전시라도 들어왔나요? 얼마 전에도 여기서
호암미술관에 가는 손님을 태웠답니다.
기사가 말했다. 저는 공작을 보러 갑니다.
나는 대답한 뒤 등받이에 몸을 기대고 눈을
감았다. 택시가 고속도로에 들어서는 걸
보고 설핏 잠이 들었다. 호암미술관 풀밭
위를 공작이 낮게 날았다. 내 품을 떠난
중국 앵무새가 공작을 따라 날았다. 공작과
앵무새가 허공에서 교차할 때마다 공작의

푸른색이 흰 앵무새에 옮겨 갔다. 앵무새의
머리부터 발끝까지 푸른색이 천천히 번졌다.
정원으로 들어서는 둥근 문이 열리고
연수가 마중을 나왔다. 어서 와. 여기서부터
우리의 기억이야. 나는 연수의 손을 잡았다.
톨게이트를 넘어가는 택시가 가볍게
덜컹거렸다. 앵무새가 깨어났다. 나는 눈을
뜨고 기억의 첫 문장을 쓰기 시작했다.

지금 사는 집으로 처음 이사 왔을 때,
앞집에 인사하러 갔다가 그 집 강아지를
만났다. 마주 보고 있는 집 문이 둘 다 열리자
강아지가 곧바로 우리 집에 뛰어들었다.
녀석은 아직 짐 정리도 되지 않은 집 곳곳을
총총총총 뛰어다녔다. 당황한 앞집 사람이
강아지를 잡으러 우리 집에 선뜻 들어오지도
못하고 발만 동동 굴렀다. 강아지는 우리 집
거실과 부엌, 방 세 곳을 꼼꼼히 탐색하고
나서야 내 품에 선뜻 안겼다. 강아지는

희고 북슬북슬하고 따뜻했다. 강아지를
건네받으며 앞집 사람이 말했다. 전에 살던
분이 집에서 새를 키웠는데, 저희 강아지가
그 새들을 참 좋아했어요. 어떤 새였는지,
몇 마리였는지, 앞집 강아지가 그 새들을
좋아한 형태는 무엇이었는지, 두 생물종이
어떤 태도로 서로를 대했는지 궁금했지만,
묻지 못했다. 그 후 식구들이 모두 나가고 나
혼자 집을 지키고 있을 때, 특히 소파에 누워
낯선 천장을 물끄러미 보고 있을 때면 한때
이 집에 살았다는 새들을 떠올렸다. 상상
속에서 그 새들은 앵무새였다가 꾀꼬리였다가
카나리아였다가 파랑새였다가 했다. 그들은
흰색 벽지로 마감한 우리 집 천장을 배경으로
자유롭게 날았고 앞집 강아지는 새들을 향해
깡충깡충 뛰어올랐다. 그러다 문득 그날 앞집
강아지가 어쩌면 지금은 사라진 새들을 찾고

있었겠구나, 하는 생각이 들었다. 우리 집에 살던 사람이 이사한 날, 새들과 강아지는 제대로 인사를 나누지 못했을지도 모른다. 그러니 강아지는 거주자가 바뀐 우리 집의 낯섦을 탐색했던 게 아니라 익숙한 친구의 부재를 감각하고 있었을 것이다. 그렇게 생각하며 빈 천장을 물끄러미 바라보는데, 눈꼬리를 타고 눈물이 흘러내렸다. 마침내 부재를 깨닫는 일은 언제나 가마득하고 아프다.

내게도 문득 사라진 이들이 있다. 그중에는 나를 '언니'라 불렀던 이도 있고 나를 '선생님'이라고 부른 이도 있다. 나를 언니라 불렀던 이는 사라진 지 수십 년이 흘렀지만 지금도 간간이 내 꿈에 어린 모습으로 찾아온다. 우린 꿈에서 유년의

놀이에 뛰어들고, 자주 오순도순하고 더러
싸우지만, 아직 헤어질 때가 아니라는 듯
정식으로 인사하고 꿈에서 깬 적은 한 번도
없다. 비록 꿈일지라도 언젠가는 우리도
헤어지는 줄 모르고 헤어질 것이다. 하지만
그때가 언제일지 아는 것은 불가능하므로
당분간은 오직 만남만을 반복할 것이다. 나를
선생님이라 불렀던 이는 사라지기 전 내게
많은 것을 남겼다. 그중에는 바로크 음악부터
현대음악까지 많은 곡이 담긴 음반이 있고
그의 표정을 닮은 정갈한 글씨의 편지도
있으며 직접 찍은, 그러나 자신은 등장하지
않는 사진도 한 장 있다. 그 사진을 받았을
때 나는 어린애가 이토록 온몸으로 자신의
부재를 보여주는 사진을 찍다니, 싶어 마음이
아렸다. 그가 사라진 날은 온 세계 사람들에게
거짓말이 허락되지만, 나는 참말도 거짓말도

하지 않고 이따금 그를 생각하며 묵묵히
지낸다.

사라진 사람들을 생각하는 일이 아무리
애달프고 아픈들 사라짐 자체를 뛰어넘지
못한다. 어떤 애도도 상실 자체를 뛰어넘지
못한다는 것과 같은 말이다. 그 사라짐을,
혹은 상실을 뛰어넘어야겠다는 생각은
애초에 없고 그저 내가 할 수 있는 일 중에서
기억과 상상을 선택했다. 지극한 기억과
상상은 사라짐을 되돌리기 위한 불가능한
시도가 아니라 비로소 부재를 감각하는
출발점이니까.

올봄 친구들과 호암미술관에 갔다가
푸른 공작을 보았다. 공작이 부채처럼 꼬리를
활짝 폈을 때 잔디밭에 앉아 볕을 즐기던
사람들이 일제히 탄성을 질렀다. 그러나

공작은 화려한 찬사 따위 아랑곳하지 않고 그저 낮게 날았다가 조용히 걸었다가 이따금 꼬리를 폈다. 주변 풍경은 아름다웠고—아직 벚꽃이 남아 있는 4월 중반이었다—공기는 편안했으며 사람들은 즐거움을 내뿜었다. 그러나 어쩐지 풍경의 한복판을 걸어가는 공작은 외로워 보였다. 순간 호암미술관을 산책하다 만난 공작의 외로움에 관해 써야겠다고 마음먹었다. 그런데 소설을 생각하고 생각하고 또 생각하는 사이 나는 4월 중순의 호암미술관이 아니라 3월 말의 한탄강에 닿아버렸다. 그곳은 아직 눈이 녹지 않았고 험준하면서 쓸쓸했다. 이야기는 결국 한탄강 물윗길에서 출발해 호암미술관으로 가는 길목에서 끝났다. 원고를 보내고 한동안 사라진 사람들을 떠올리느라 아팠다. 그러나 반복하건대 사라진 사람들을 떠올리는 아픔은

사라짐 자체의 아픔을 결코 뛰어넘지 못해서
나는 앞으로도 사라진 이들을 계속 부를
수밖에 없을 것이다. 지금은 그저 이야기가
걸음을 반복하면 언젠가는 호암미술관의
봄볕에 닿을 수도 있겠지, 생각할 뿐이다.
그때가 되면 장난꾸러기처럼 내 품을
간질이는 중국 앵무새를 품 밖으로 날려 보낼
수도 있을 것이다. 그러나 그게 언제인지 아는
것은 불가능하므로 당분간은 그저 쓰고 또
쓰는 수밖에 없을 것이다.

2024년 (봄)(여름)가을(겨울)

이주혜

이주혜 작가 인터뷰

Q. 《중국 앵무새가 있는 방》은 어느 날 불쑥 찾아온 '연수'가 "우린 오늘 물 위를 걷게 될 거야"(11쪽)라며 '나'를 데려간 철원 한탄강 물윗길에서 시작됩니다. "한탄강을 따라 놓인 임시 부교"가 끊임없이 출렁이고, "기묘한 생김새의 바위"와 주상절리 절벽, 마른 갈대, "수천 아니 수만 개는 되어 보이는 돌탑들"이(12~17쪽) 마치 눈앞에 그려지는 듯해서, 소설을 읽고는 연수와 '나'를 따라 물윗길을 걸어보고 싶어졌어요. 연수가 '나'를 마지막으로 만나는 장소로 이곳을 선택하시게 된 이유가 궁금합니다. 작가님은 한탄강에 다녀와보셨겠죠? 어떤 곳이었는지도 들어보고 싶어요.

A. 제겐 한나절 정도 불쑥 떠나자고 청하는 동네 친구들이 있는데요. 단편 〈우리가

파주에 가면 꼭 날이 흐리지〉 속 인물들에
영감을 준 친구들이기도 합니다. 지난 3월
말, 그들과 한탄강 물윗길에 다녀왔어요.
달력은 4월을 코앞에 두었으니 분명
봄이었지만, 그곳에는 아직 봄이 당도하지
않았습니다. 그렇다고 여전히 겨울에 머물러
있었느냐 하면 그것도 아니었습니다. 하얗게
얼어붙었던 강물은 녹아 세차게 흐르고
있었고, 기암절벽 틈새엔 흰 눈이 녹지 않은
채 쌓여 있었어요. 강가 갈대밭에 들어서면
어김없이 가을이 펼쳐졌고요. 그곳엔 모든
계절이 혼재하는 것 같았고, 어떤 계절도
틈입할 수 없는 결계처럼 보이기도 했습니다.
특히 제 눈길을 끌었던 것은 정말 사람이
쌓았을까 싶을 정도로 아슬아슬한 균형을
이룬 무수한 돌탑들이었는데요. 자잘한
돌멩이들이 하나같이 하늘을 향해 뾰족이

솟구친 모습이 어쩐지 징그러워 보였습니다.
어쩌면 제 안에 녹지 않고 엉겨 붙어 있는
비릿한 욕망이 징그러웠던 게지요. 발목이
아프도록 물윗길을 걸으며, 간혹 문진으로
쓸 만한 납작하고 둥근 돌멩이를 찾으며(역시
징그러운 욕망이지요) 소망에 관해 쓰고 싶다고
생각했습니다. 소망의 대상이 되는 일은
참으로 무겁고 소망의 주체가 되는 일은
징그럽다는 이야기를요. 이야기를 전개하다가
인사도 못 나누고 사라진 사람들을
떠올렸고, 그 마지막 뒷모습을 목격하고
싶다는 마음으로 연수를 한탄강 물윗길로
데려갔습니다.

Q. 소설은 상상과 기억, 소망과 착각을 뒤섞으며 그 경계를 넘거나 허물고 있다고 느껴졌어요. '나'가 기억하는 첫 장면 역시 그렇습니다. '나'의 첫 기억은 사과를 쥐고 먹는 것이에요. '나'는 사과의 식감과 맛을 느끼면서 거울로 사과를 먹고 있는 자신의 모습을 바라보고 있다고 생각했는데, 사실은 나란히 앉은 연수의 모습을 바라보고 있었지요. 소설을 읽은 분들도 이 대목에서 각자의 첫 기억을 떠올려보고는, 그것이 착각이었을까 실제였을까 궁금해했을 것 같아요. 작가님께도 첫 기억 또는 착각한 기억이 있나요?

A. 소설 속 '나'의 첫 기억은 실제 저의 첫 기억에서 출발했는데요. 제게 첫 기억은 사과 한 조각입니다. 사과는 제 손 안에서

끈적거렸고 입안에서 사각거리며 달콤했지요. 제 옆에는 저와 몸집이 비슷한 다른 사람이 서 있었습니다. 나중에 가족 앨범에서 저와 동갑인 사촌이 나란히 마루에 서서 사과를 먹고 있는 흑백사진을 보았어요. 그런데 두 사람 모두 굉장히 어린 아기여서 생각보다 오래된 기억임을 깨달았습니다. 물론 제 첫 기억과 사진 속 시공이 일치하지 않을 가능성도 있습니다. 타임머신을 타고 날아가 확인하지 않는 한 누구도 제 첫 기억이 사실인지 착각인지 알 수 없겠지요. 이렇게 사실과 상상과 이해와 착각의 경계를 누비며 스스로 꼴을 갖추어가는 것, 어쩌면 그게 기억의 본질이 아닐까요? 그래서 기억은 제가 떠올리는 게 아니라 제 뜻과 상관없이 불현듯 찾아오는 거라는 《기억·서사》(오카 마리, 김병구 옮김, 교유서가, 2024) 속 오카 마리의 말을 저는 믿습니다. 그게 기억이 행하는 기특한 일이자 기억이 가하는 폭력일 수도 있다고요. 그런 면에서 기억-하기는 소설-쓰기와 매우 닮아 있지 않습니까?

Q. "모든 소망은 무거워. 무겁고 징그러워."(17쪽) 한탄강을 뒤덮은 돌탑을 보고 연수가 내뱉은 말입니다. 처음 원고를 볼 때 이 대사를 "모든 소망은 무거워. 무섭고 징그러워"라고 잘못 읽었는데, 자연스러울 만큼 소망이라는 게 무섭기도 하다는 생각이 들었어요. "가능한 자리에도 불가능한 자리에도" 빼곡히 들어찬(15~16쪽) 돌탑을 등에 지듯 책장을 넘길수록 인물들의 소망 하나하나가 무게를 실어 짓누르는 것처럼 느껴졌거든요. '나'는 연수에게 이렇게 말하지요. "정말로 간절한 소원도 있지 않을까? 모든 소원이 탐욕스러운 건 아니야."(16쪽) 그런데 간절한 것과 탐욕스러운 것의 차이는 무엇일까요? 절실한 것과 지나친 것은 다를까요? 누군가에겐 간절하고 절실한 것이 다른 사람에게는

탐욕스럽고 지나친 것으로 여겨지기도
하지요. 연수와 이모의 관계처럼요. 모두의
소망과 소원이 이루어지기 어려운 것은
당연합니다. 어떤 이의 소망이 다른 이의
소망을 방해하는 방향을 가리킬 때가
있으니까요. 적당히 간절하거나 적당히
절실하지 않으면 연수가 소망을 잃고
끝내 사라져버리듯 한 사람의 소망만을
남기는 결과를 불러올 수도 있고요. 하지만
적당히 욕심내고 적당히 바라는 것은
불가능하다는 생각도 들었어요. 애초에
욕심 자체가 자신에게 주어진 것 이상을
바라는 마음이잖아요. 다만 그 '적당히'에
수렴하고자 노력하는 일 정도는 해볼 수
있지 않을까 싶으면서도, 그렇지만, 그럼에도
욕심나는 것이 있을 때는 어떻게 해야 할까
고민스러웠습니다. 작가님께도 적당하지

않은, 탐욕스러운, 지나친 소망이 있나요?
그리고 연수처럼 사라지지 않고 모두가 함께
각자의 소망을 간직하는 방법이 있을지에
대해서도 여쭙고 싶어요.

　　A. 소망이 징그럽다고 처음 느꼈던 건
강원도 백담사에 갔을 때였어요. 백담사
경내에 들어서기 전 얕으면서 너른 강을
다리로 건너갔는데, 다리에서 내려다보이는
강가에 온통 돌탑이 쌓여 있었습니다.
아무래도 위에서 아래를 내려다보고
있어서였을까요? 무수한 돌탑이 전부
저를 향해 악다구니를 치고 있는 것처럼
느껴졌습니다. 귀가 쟁쟁할 정도로요.
사는 일의 의무와 부담감에 시달리고
있어서였을까요? 그 돌멩이 하나하나가 전부
저를 붙들고 뭔가를 요구하는 것만 같아,

아니 하나하나가 제 심장에 날아와 박히는
것만 같아 숨이 잘 쉬어지지 않았습니다. 아,
징그러워. 산다는 건 징그럽고 징글징글한
일이구나. 저는 다리 위에서 숨을 고르며
생각했습니다. 그러다 십수 년이 흐르고
올봄 한탄강 물윗길에서 또 무수한 돌탑을
보았습니다. 그때 제가 또 돌탑을 보고
징그럽다, 징그러워, 했거든요. 그랬더니
한 친구가 타이르듯 조용히 말했습니다.
정말로 간절한 소원도 있는 거라고, 모든
소망이 탐욕스러운 건 아니라고요. 저는
어쩐지 부끄러웠고 묘하게 마음 한쪽이
편해졌습니다. 아마도 친구의 말이 어떤
욕심은 품어도 괜찮다는 허락으로 들렸나
봐요. 그 욕심이 뭐냐고 물으신다면 우선
소설-쓰기라고 말하겠습니다. 기억과 상상을,
세계와 세계 너머를 마구 뒤섞어버리는

꽤 폭력적이기도 한 소설-쓰기 말입니다.
연수처럼 사라지지 않고 소망을 간직하는
방법을 제가 알려드리지는 못합니다. 그
방법을 안다면 소설 속 연수는 사라지지
않았을 테니까요. 그런 의미에서 소설-쓰기는
폭력적이고 꽤 징그러운 욕망이 됩니다.
다만 남은 자로서 기억-하기를 계속하는
것, 그 안간힘이 어떤 욕심의 모서리를
조금 다듬어주는 작은 몸짓이 되지 않을까,
조심스럽게 덧붙여봅니다.

Q. 작품의 제목에 관해서도 듣고 싶습니다. 연수는 버지니아 울프의 소설 《댈러웨이 부인》에 나오는 '도자기 앵무새(the china cockatoo)'를 중국 앵무새라고 오해하여 오랜 시간 중국 앵무새를 사랑하고 의지하지요. 한때 실제를 알게 되면 반드시 실망하게 되는 것에 관해 사람들이 이야기 나누는 것을 본 적이 있어요. 이를테면 만화에 나오는 뼈에 붙은 커다란 고기 같은 것이요. 타인의 마음도 그래요. 어떤 때는 다른 사람의 마음이 어떤지 알게 되어 실망할 바에는 영원히 실제를 모르는 채로 상상만 하고 그 상상을 기억으로 삼으며 살고 싶다고 생각하게 돼요. 중국 앵무새가 어떤 새인지 찾아보지 않은 연수처럼요. 모든 것이 착각이었다는 것을 깨닫고 사라지는 것과 오해하는 세계에 갇혀 사는 것, 둘 중

어느 쪽이 더 '적절'하거나 '옳은' 선택인지는 알 수 없습니다. 이모는 연수를 오해하는 세계를 택했고 결국은 연수를 잃어버리게 됐지요. 연수는 뜻하지 않게 중국 앵무새가 존재하지 않는다는 것을 알게 되어 소망을 잃고 사라졌고요. 아마 '나'의 중국 앵무새는 연수였던 것 같아요. '나' 역시 이모나 엄마, 친척들처럼 연수를 "도무지 어떤 인간인지 종잡을 수 없을 만치 막무가내로 입체적인 사람"(11쪽)이라고 오해했잖아요. 그리고 연수가 사라진 뒤에야 과거를 상상으로 다시 쓰고 미래를 기억하기로 하지요. 후회하지 않는 삶을 살 수는 없지만, 우리는 슈퍼맨처럼 시간을 되돌릴 수 없으니 가능한 후회가 적은 쪽을 택하고 싶은 욕심(이것도 무겁고 징그러운 소망일까요?)이 듭니다. 작가님은 중국 앵무새와 도자기 앵무새 중 어느 쪽을

아는 삶을 살고 계신가요? 혹은 어느 쪽을
아는 삶을 살고 싶으신가요? 그리고 이 중국
앵무새라는 아이디어는 어떻게 떠올리시게
되었는지도 들을 수 있을까요? 소설도 쓰시고
영미문학 번역도 하고 계시니 경험에서
비롯된 것일지 궁금했어요.

　　A. 이른바 '만화 고기'의 실체를 아는
자와 모르고 소망하는 자 중 누가 더
행복한지 가릴 수 있을까요? 중국 앵무새를
가슴에 품고 사는 삶과 도자기 앵무새의
차가움을 똑똑히 아는 삶 역시 옳고 그름의
문제로 볼 수는 없을 거예요. 중국 앵무새와
도자기 앵무새를 소설 속에 배치하면서 이
두 가지가 오해와 이해의 상징이 아니라
상상과 기억의 상징으로 보이길 바랐습니다.
그리고 상상과 기억은 이항 대립하는 존재가

아니라 얼마든지 포개지고 겹치는 '따로 또 같이'의 영역이라고요. 연수는 중국 앵무새가 사실 도자기 앵무새였다는 사실을 알고 좌절하지만, 한동안 연수를 살게 했던 힘은 중국 앵무새라는 착각이었습니다.

　앵무새에 관한 아이디어는 버지니아 울프의 《댈러웨이 부인》을 읽다가 떠올렸어요. 제가 올해 버지니아 울프 전작 읽기 독서 모임에 참여하고 있는데요. 《댈러웨이 부인》의 여러 번역본과 원서를 함께 읽다가 '도자기 앵무새'를 '중국 앵무새'로 오역한 텍스트를 몇 가지 발견하게 되었어요. 저 역시 번역 일을 하면서 'china'라는 일반명사를 중국이라는 고유명사로 오독하는 경우가 왕왕 있었고요. 차갑고 하얀 도자기 앵무새와 따뜻하고 화려한 색의 중국 앵무새는 얼마나 다른가요?

그러나 오해와 착각이 발생시키는 위안은 또
얼마나 모순되게 힘이 센가요? 오해에 기대어
어떤 시기를 무사히 통과한 사람의 이야기를
쓰고 싶었습니다. 더불어 문학은 언제나
세계의 오독에서 출발한다는 이야기도요.

한 조각의 문학, 위픽 wefic

이경희 《매듭 정리》
송경아 《무지개나래 반려동물 납골당》
현호정 《삼색도》
김 현 《고유한 형태》
이민진 《무칭》
김이환 《더 나은 인간》
안 담 《소녀는 따로 자란다》
조현아 《밥줄광대놀음》
김효인 《새로고침》
전혜진 《고르디우스의 매듭을 자르면》
김청귤 《제습기 다이어트》
최의택 《논터널링》
김유담 《스페이스 M》
전삼혜 《나름에게 가는 길》
최진영 《오로라》
이혁진 《단단하고 녹슬지 않는》
강화길 《영희와 제임스》
이문영 《루카스》
현찬양 《인현왕후의 회빙환을 위하여》
차현지 《다다른 날들》
김성중 《두더지 인간》
김서해 《라비우와 링과》
임선우 《0000》
듀 나 《바리》
한유리 《불멸의 인절미》
한정현 《사랑과 연합 0장》
위수정 《칠면조가 숨어 있어》
천희란 《작가의 말》
정보라 《창문》
이주란 《그때는》
김보영 《헤픈 것이다》
이주혜 《중국 앵무새가 있는 방》
정대건 《부오니시모, 나폴리》

위픽은 위즈덤하우스의 단편소설 시리즈입니다.
'단 한 편의 이야기'를 깊게 호흡하는
특별한 경험을 선사합니다.

이 작은 조각이 당신의 세계를 넓혀줄
새로운 한 조각이 되기를.
작은 조각 하나하나가 모여
당신의 이야기가 되기를.

당신의 가슴에 깊이 새겨질
한 조각의 문학, 위픽

위픽 뉴스레터 구독하기
인스타그램 @wefic_book

- 66

중국 앵무새가 있는 방

초판 1쇄 인쇄 2024년 9월 24일
초판 1쇄 발행 2024년 10월 14일

지은이 이주혜
펴낸이 최순영

출판2본부장 박태근
스토리 팀장 김소연
편집 곽선희 김해지 이은정
디자인 이세호

펴낸곳 ㈜위즈덤하우스 **출판등록** 2000년 5월 23일 제13-1071호
주소 서울특별시 마포구 양화로 19 합정오피스빌딩 17층
전화 02) 2179-5600 **홈페이지** www.wisdomhouse.co.kr

ⓒ 이주혜, 2024

ISBN 979-11-7171-717-0 04810
      979-11-6812-700-5 (세트)

값 13,000원